NAPOLÉON BONAPARTE

JUGÉ PAR LES POÈTES ÉTRANGERS.

NAPOLÉON BONAPARTE

JUGÉ PAR LES POÈTES ÉTRANGERS.

DISCOURS

PRONONCÉ PAR M.ʳ A. BREUIL,

DIRECTEUR DE L'ACADÉMIE,

DANS LA SÉANCE PUBLIQUE DU 9 NOVEMBRE 1851.

AMIENS,

IMPRIMERIE DE DUVAL ET HERMENT, PLACE PÉRIGORD, 3.

1851.

NAPOLÉON BONAPARTE

JUGÉ PAR LES POÈTES ÉTRANGERS.

Messieurs,

L'empereur Napoléon occupe une large place dans la littérature de notre époque. En France, non seulement il a inspiré tous nos poètes, fait naître des mémoires nombreux, des livres d'histoire signés des noms les plus illustres, mais, comme César, il a été lui-même son historien dans les admirables pages dictées à ses compagnons de Sainte-Hélène.

L'homme qui ébranlait le monde, et qui, Consul ou Empereur, fut l'arbitre des destinées de l'Europe, ne pouvait être regardé avec indifférence par les écrivains étrangers; aussi se rencontre-t-il peu de hautes célébrités littéraires dans les pays où la presse jouit d'une certaine liberté, qui n'aient exercé leur plume sur Napoléon.

Depuis longtemps, Messieurs, j'avais réuni les principales poésies étrangères qui se rapportent directement ou indirecment à l'Empereur, et, lorsque je parcourais ces œuvres nées la plupart au fort des luttes nationales, sous l'influence des passions les plus ardentes, empreintes par conséquent d'un remarquable caractère de soudaineté et d'énergie, leur examen, leur comparaison m'attachait vivement.

L'usage académique m'obligeant à prononcer le discours d'ouverture de cette séance, j'ai pensé que peut-être vous n'entendriez pas sans intérêt le résumé de mon étude. *Napoléon Bonaparte jugé par les poètes étrangers*, tel est le sujet dont je vais vous entretenir, bien convaincu de mon insuffisance pour le traiter dignement, mais comptant aussi sur l'indulgence que vous accordez toujours à des travaux consciencieux.

Il me siérait mal, au sein de cette réunion, de me livrer à quelque discussion irritante et d'envelopper une intention politique dans un discours dont je ne suis pas seul responsable: mon unique but est de traduire avec exactitude et de grouper des documents précieux qui sollicitent la curiosité au double point de vue de la poésie et de l'histoire.

Personne ne conteste que la vie de l'Empereur soit une mine inépuisable pour la poésie, et Béranger exprimait quelque part (1) cette idée d'une manière originale et hardie, en appelant Napoléon le plus grand poète des temps modernes et peut-être de tous les temps. La poésie, dans son domaine lyrique, chante le génie de l'homme, les grands événements, les grandes actions; comme l'éloquence de l'éloge funèbre, elle enseigne aussi l'infirmité de la gloire; à des prospérités inouïes elle oppose d'écrasantes infortunes, et rabaisse l'orgueil des Dominateurs du monde en montrant qu'ils ne sont que des instruments d'un jour dans la main de Dieu. Qui donc mieux que Napoléon pouvait inspirer la poésie lyrique? quel homme fut plus visiblement marqué du sceau du génie? quel capitaine accomplit de plus éclatants prodiges? quel souverain tomba jamais de si haut et reçut une plus terrible leçon?

La poésie épique réclame à son tour la vie de l'Empereur pour en tirer une Iliade nouvelle, dont l'univers sera le théâtre, et où les Achille et les Ajax se multiplieront autour d'un chef incomparable. Cette épopée des temps modernes pourra presque se passer de fictions, parceque les réalités y seront plus merveilleuses que toutes les fables.

Il est un genre de poésie inspiré par l'indignation, et qui, pour flétrir un objet de haine, s'attache plutôt à la véhémence qu'à la noblesse du langage. Cette poésie jaillissait des lèvres de Juvénal lorsque, dans la satire des *Vœux*, il accusait les hommes qui avaient sacrifié leur patrie à l'amour de la puissance et de la gloire, lorsqu'il demandait ironiquement combien de livres pesait la cendre d'Annibal, et montrait enfermé dans l'espace d'un cercueil cet Alexandre, ce jeune homme de Pella, comme il l'appelle, qui, vivant, étouffait dans les limites du monde.

Æstuat infelix angusto in limine mundi.....

. . . .

Sarcophago contentus erit (2).....

Il est facile de concevoir que cette sorte de poésie, aigre, violente, dominera dans les compositions étrangères que nous allons passer en revue. Toutefois, Messieurs, quand celui qui fut l'Empereur dormira sous le saule de Sainte-Hélène, quand les ressentiments se seront calmés en présence de sa tombe proscrite, des poètes étrangers, sortis même du sein des peuples les plus affligés par nos guerres, oublieront les excès du Conquérant pour ne plus admirer que le génie du grand homme, et proclamer l'universelle popularité de son nom.

J'entre en matière par un chant de victoire : c'est un début naturel quand il s'agit de Napoléon.

Il y a cinquante-et-un ans, Bonaparte, premier consul, avait tout-à-coup fait succéder aux troubles et aux malheurs de la Révolution l'ordre et la prospérité; mais il lui restait à vaincre au dehors une coalition formidable, à ressaisir pour la France cet ascendant politique, fruit des traités de Campo-Formio, et que le Directoire avait laissé perdre. L'Italie était tout entière au pouvoir de l'Autriche, dont les troupes bloquaient Masséna dans Gênes et menaçaient d'envahir le midi de la France; une autre armée impériale attendait en Souabe le moment de pénétrer par un autre point de notre territoire. Or, tandis que Moreau va s'opposer aux troupes de Souabe et les rejeter sur le Danube, le premier Consul, prenant le commandement d'une armée, dont il a su dérober à l'Europe l'existence et la marche, franchit les sommets de la grande chaîne des Alpes et descend à l'improviste dans les plaines de l'Italie. Ce n'est pas tout d'avoir surpris et enveloppé les Autrichiens; il faut encore les empêcher de se faire jour à travers nos bataillons. La lutte terrible engagée à Marengo semble d'abord trahir nos armes; mais l'héroïque Desaix arrive sur le champ de bataille pour décider la victoire et la payer de sa noble vie.

Cette victoire, si considérable par ses résultats et par les combinaisons profondes qui l'avaient amenée, arrachait une seconde fois l'Italie au joug de l'Autriche, et restituait à Bonaparte le théâtre de ses premiers triomphes. Le passage d'une armée de soixante mille hommes, accompagnés de ses bagages et de son artillerie, à travers des rochers et des précipices couverts de glaces éternelles, rappelait et surpassait l'entreprise si vantée d'Annibal. C'est sur ce thème que va s'exercer la muse de Monti, le premier Poète de l'Italie, au commencement de notre siècle (5).

Monti, après avoir occupé un emploi dans la République cisalpine, s'était vu forcé, au moment de l'invasion des Austro-Russes, de chercher un refuge en France pour échapper aux vengeances contre-révolutionnaires. La victoire de Marengo terminait l'exil du Poète : il commence par saluer sa terre natale, miraculeusement affranchie.

Belle Italie, rivages aimés, je viens donc vous revoir. Mon cœur oppressé palpite et se trouble de plaisir. Ta beauté, qui fut toujours pour toi une source amère de larmes, t'avait faite l'esclave de durs amants étrangers; mais l'espérance des rois est menteuse et mal assurée; — Le jardin du monde n'est pas fait pour des Barbares.

Monti caractérise en quelques beaux vers le passage du grand St.-Bernard et la sanglante bataille de Marengo ; puis se souvenant de Desaix dont le tombeau doit être placé sur les Alpes, il évoque son ombre, et lui prête un magnifique éloge du premier consul.

Ombre illustre, l'ombre farouche d'Annibal, accoutumée à fouler les nuages dans la sombre vallée Cottienne, viendra converser avec toi. Elle s'informera de l'homme audacieux qui, le second, ouvrit les Alpes : tu lui montreras du doigt le passage, et tu lui répondras ainsi : « Ce grand homme t'a surpassé en promptitude et en courage : Africain, la comparaison t'abaisse, tu descendis; il vola..... tu fus le destructeur abhorré des contrées italiennes; il leur donne la liberté et il emporte leur amour ; tu fus la cause coupable des discordes éternelles de Carthage : lui, il apaisa les discordes, il les étouffa en souriant et en pardonnant. Que demandes-tu encore? tu fus la ruine de ta patrie : il fut le salut de la sienne ; Africain, baisse les yeux, et que ta gloire cède à sa gloire : tout astre s'éteint en présence du soleil.

Monti avait chanté le premier Consul ; il célébre plus tard l'Empereur après cette campagne où Napoléon anéantissait en un mois la monarchie prussienne, et réduisait Frédéric-Guillaume, roi sans armée, presque sans sujets, à se réfugier au fond de l'unique province qui lui restât.

L'Empereur, avant d'entrer dans Berlin, s'était empressé de visiter à Postdam le palais du grand Frédéric, sa chambre, son tombeau; en s'emparant de l'épée du héros, il s'était écrié :

Voilà un beau présent pour les Invalides, surtout pour ceux qui ont fait partie de l'armée du Hanovre! Ils seront heureux sans doute quand ils verront en notre pouvoir l'épée de celui qui les vainquit à Rosbach !

Monti, dans son poëme qu'il intitule *l'Épée de Frédéric* II (4), montre Napoléon, couvert encore de la sueur d'Iéna, visitant le célèbre tombeau.

Alexandre, dit-il, s'inclina devant le tombeau où dormait la colère d'Achille : Napoléon, plus grand que tous les hommes de l'antiquité, va s'incliner devant la cendre de Frédéric.

Quand le conquérant a saisi l'épée, et que l'ayant tirée du fourreau, il en regarde la lame avec des yeux ravis, le Poète suppose qu'un gémissement s'échappe du marbre de la tombe entr'ouverte, et qu'en même temps la main du Roi, revêtue de son gant de bataille, se pose sur l'acier nu pour le ressaisir. Une voix, entendue de Napoléon seul, lui demande :

Qui es-tu, toi qui portes ta droite hardie sur mon épée ?

Napoléon répond :

Si, dans les ténébreuses régions de la mort, mon nom n'a pas encore frappé ton oreille, et que tu désires le connaître, demande-le à ce trône qui fut le tien et qui maintenant jeté par terre t'appelle inutilement. Tu combattis sept ans pour le fonder : j'ai combattu sept jours pour l'abattre ; il suffit.

Les vers du Poète accompagnent ensuite le glorieux trophée à l'hôtel des Invalides. Les vieux soldats de la guerre de sept ans le reçoivent avec des transports de joie.

Illustre épée, disent-ils, dans ce pays de la valeur, tu seras hautement honorée, car on y révère la gloire même des ennemis et nos poitrines loyales feront foi de la tienne. En parlant ainsi ils découvrirent les vieilles cicatrices de Rosbach, et le souvenir des périls, des fatigues militaires, fit étinceler leurs yeux ; l'illustre épée parut s'agiter à leurs accents et sentir qu'elle n'était pas tombée dans des mains ennemies ; elle sembla revêtir un éclat plus pur et oublier son infortune.

Cette poésie, Messieurs, est bien douce à des oreilles françaises. Pourquoi faut-il qu'après avoir traduit de si belles louanges, je vous fasse entendre des accents de colère et de malédiction ! Dans le cortége des triomphateurs romains, les chants de victoire, les acclamations populaires, étaient interrompus par des chansons insolentes qui devaient tempérer l'orgueil du général couronné : j'arrive à la poésie amère, accusatrice, que Napoléon victorieux n'entendait ou n'écoutait pas.

La guerre d'Espagne est l'iniquité fatale de l'Empire, comme l'exécution du duc d'Enghien celle du Consulat. Napoléon, ne pouvant détrôner à force ouverte les Bourbons d'Espagne, descendit jusqu'à la fourberie pour obtenir qu'ils abdiquassent en sa faveur. Mais la fière nation espagnole refusa de valider un contrat vicié par le dol et dans lequel on disposait d'elle sans son aveu. Lors donc que l'Empereur donna au débonnaire Joseph la couronne vacante, il ne lui fit que le triste présent d'un peuple en révolte et d'une guerre sans pitié.

Les œuvres poétiques inspirées par cette guerre en ont le caractère sombre et brutal. Le chanoine Gallego retrace l'insurrection qui ensanglanta Madrid le 2 mai 1808 (5), et il termine son récit partial et tout enflammé de colère en demandant *que le tombeau des victimes soit un monument où l'on puisse lire la vile trahison du despote, un autel où chaque espagnol vienne jurer au monstre une haine mortelle, qui circulera dans ses veines pour se transmettre à cent générations.* Martinez de la Rosa compose un poème sur ce fameux siège de Saragosse (6), qui, soutenu pendant cinquante-deux jours, renversa un tiers de la ville, et réduisit de plus de moitié une population de cent mille âmes. L'auteur dessine à grands traits la figure de l'intrépide Palafox; il relève en vers à la fois mâles et gracieux l'héroïsme de cette belle jeune fille de vingt-quatre ans, qui concourait à la défense du fort de St.-Joseph en mettant le feu aux canons espagnols, sans s'inquiéter ni des balles qui sifflaient au-dessus de sa tête, ni des gouffres que la mine ouvrait sous les pieds de ses compagnons (7). Je me plais à reconnaître l'inspiration élevée et patriotique du Poète; mais elle eût gagné à se produire sans un débordement d'injures contre les généraux et les soldats français. L'enfant de l'Espagne peut bien s'écrier en parlant de Napoléon :

Le despote de la Seine n'enchaînera point les mains innocentes de l'Espagne, il n'attachera point à son char la nation qui jadis embrassait la terre et la mer, et les gouvernait toutes deux.

Mais que signifient les noms de bourreaux et de vandales appliqués aux braves assiégeants? Les Français se battaient pour obéir à l'Empereur et ne se sentaient aucun goût pour la lutte horrible que leur imposait une résistance désespérée. D'ailleurs, sur les cinquante-quatre mille assiégés morts

dans Saragosse, le feu de nos troupes n'en avait tué que six
mille : le plus grand nombre fut moissonné par l'épidémie
régnante. Les vrais barbares de ce siège, ceux que le poète
n'a pas nommés, c'étaient les moines fanatiques qui, dans
un moment où la mort ravageait Saragosse par le fer, le feu
et la peste, lui donnaient encore pour instrument la potence,
à laquelle ils faisaient suspendre les malheureux qui par-
laient de reddition.

A cette déplorable guerre d'Espagne se rattache la chaîne
des adversités de Napoléon et de nos propres malheurs.
L'Empereur souillant sa gloire par une perfidie, expiant
ensuite sa faute par des revers encore inconnus sous son
règne, perdit dans l'opinion de la France une partie de son
prestige et de la confiance sans bornes qu'il avait conquise.
L'Autriche, voyant nos armées occupées au Midi et sachant,
après le désastre de Baylen, qu'elles n'étaient plus invin-
cibles, se rengagea dans une lutte formidable d'où Napoléon
ne sortit vainqueur qu'à force de génie. L'exemple de la
résistance espagnole devenait, au reste, contagieux pour
l'Allemagne bouleversée, désunie par la création de royaumes
nouveaux, écrasée par l'impôt et l'occupation permanente
de nos troupes. L'impatience du joug étranger, le désir ardent de s'y soustraire, devaient surtout se faire sentir dans
cette Prusse foudroyée, à qui l'humiliant traité de Tilsitt
n'avait rendu que la moitié de son territoire. Aussi ce fut
dans la province de Kœnigsberg, où Napoléon faisait fuir
Frédéric-Guillaume après Iéna, que naquit la vaste et redoutable société secrète du *Tugendbund*, dont le but était de bri-
ser la confédération du Rhin et de chasser les Français du sol
germanique. En 1809, pendant que l'Empereur étonne l'Europe par les prodiges militaires d'Esling et de Wagram, le
Tugendbund essaie l'insurrection nationale en lançant la lé-
gion noire du duc de Brunswick sur le Hanôvre et la Saxe,

et le corps franc du major Schill sur la Poméranie. Combats de partisans, diatribes de philosophes, pamphlets de rhéteurs contre la France, tout cela n'est encore que la fumée d'un volcan ; mais vienne l'heure favorable et l'explosion couvrira l'Allemagne entière.

Vous pressentez, Messieurs, le rôle de la poésie allemande à une époque où le vœu de l'indépendance nationale agite si fortement les âmes. La poésie n'est qu'un cri de guerre et de liberté, cri d'autant plus ardent, d'autant plus impulsif, que les souverains faisaient luire aux yeux des peuples l'espérance de constitutions libérales, gage futur de leur triomphe commun.

Ecoutons Frédéric Rückert, qui écrit ses premières poésies politiques sous le pseudonyme de *Freimund Rainmar*, c'est-à-dire, *poète à la bouche libre* (8).

Au début de la campagne de Russie, il suit curieusement la marche de notre armée ; puis, comme ce devin de Rome qui parlait des Ides de Mars, il signale au nouveau César des présages funestes.

On sait que l'Empereur, à la tête de la colonne impériale, atteignit le 23 juin le Niémen, fleuve frontière de la Russie.

Napoléon, dit Rückert, s'est avancé au bord du Niémen le jour du solstice, où le soleil, parvenu à sa plus grande hauteur, descend ensuite rapidement ; il n'a pas remarqué le signe qui était au ciel.... (9).

Malheureusement cet augure ne fut que trop justifié par les événements. L'astre de Napoléon devait pâlir et descendre ; la Grande armée, après avoir poursuivi au-delà du Niémen une bataille décisive toujours refusée par l'ennemi, devait, en arrivant au cœur de l'empire russe, trouver pour seule conquête les ruines d'une capitale incendiée.

Nous avons tous gémi sur cette retraite de Russie, où les

rigueurs impitoyables de l'hiver secondèrent si fatalement les troupes d'Alexandre, que de trois cent vingt-cinq mille hommes qui avaient traversé le Niémen à la suite de Napoléon, cent vingt-sept mille seulement purent revoir ce fleuve..... Rückert, pour mieux insulter à notre désastre, en fait le sujet de la chanson d'un cosaque en belle humeur (10).

Dans mon pays au bord du Don, je tirais le renard, la belette et le lynx, et, de leur peau, je me faisais moi-même un vêtement d'hiver.

Soudain un appel d'Alexandre m'a réveillé pendant la nuit : « debout cosaques! partez ensemble pour une autre chasse! debout! debout! à la chasse! à la bataille! »

Je jetai un cri si perçant, que mon cheval dressa les oreilles ; sans selle et sans éperons, je le lançai à travers la glace et la neige ; j'ai tant couru par le milieu des plaines, loin des portes de Moscou, que je ne sais plus où je suis.

J'ai chassé tous les ennemis hors de mon pays, et ceux qui y sont restés ne manqueront de rien : nous les avons mis sous la neige ; quand le printemps viendra, on les couvrira de terre.

Un redoutable allié m'accompagne ; son nom est l'*Hiver*. C'est un enragé compagnon ; il monte sur un cheval de brouillard et me suit partout où je vais.

Il chevauche escorté de tous les vents et porte dans la main une pique de fer ; pour aveugler les ennemis, il leur jette dans les yeux de la neige comme du sable ; il me fait des ponts sur le dos des fleuves pour que lui et moi nous puissions arriver dans leur pays.

Mais les cosaques ne devaient pas encore fouler la terre de France en 1812 : Rückert leur avait prêté trop tôt ses espérances, et il n'apprit pas sans terreur que Napoléon, recréant tout à coup une armée de trois cent mille soldats, s'apprêtait à défier en Allemagne la sixième coalition. Alors le langage du Poète s'échauffe et s'élève en proportion de la grandeur du péril ; sa muse revêt, comme Minerve, le casque, la lance et l'égide ; *Sonnets cuirassés* (11), tel est le titre des nouvelles poésies où vous allez le voir peindre avec une énergie saisissante l'oppression et les déchirements de sa patrie.

Que forges-tu, forgeron ?.. — Nous forgeons des chaînes. — Vous êtes vous-mêmes enchaînés !.. Que laboures-tu, paysan ? — Le champ pour qu'il porte des fruits.— Oui, la moisson sera pour l'ennemi, l'herbe inutile pour toi !... Chasseur, que vises-tu? — Je vise le cerf et le chevreuil.— On vous chassera comme le cerf et le chevreuil..... Que berces-tu, mère qui veilles durant la nuit ?— Des enfants.— Oui! pour qu'ils grandissent et fassent des blessures à la patrie !.. Qu'écris-tu, poète ? — J'écris en lettres de feu ma honte et celle de mon peuple, qui ne peut pas même vouloir penser à sa liberté! (12).

Cependant, après cet accès de sombre désespoir, Rückert reprend confiance, il crie guerre et vengeance en s'adressant à tous les enfants de la nation allemande.

Le rideau sanglant est levé : le Destin commence ses tragédies auxquelles sont appelés de nombreux acteurs avec des rôles et des costumes divers. Comptez-vous, par hazard, assis à votre banc, regarder les combattants sur le théâtre, distribuer le blâme et la louange, sans sueur au front et sans callosités aux mains ?.. Non, non, vous êtes appelés vous-mêmes à remplir un rôle. Que quiconque a des bras monte sur la scène !.. Si vous voulez des spectateurs, il y en aura ; ce seront les ombres de vos ancêtres qui applaudiront le vaillant acteur et siffleront le mauvais (13).

Le poète Louis Uhland (14) n'est pas au nombre de ceux qui doivent rester spectateurs inertes du combat.

Autrefois, dit-il, j'ai consacré mes vers à de vieilles et pieuses légendes; j'ai chanté l'amour, le vin et le doux printemps : trève maintenant à ces chants oiseux ! le bouclier a retenti, il a crié : pour la patrie !.. On dit que les Cattes se mettaient un anneau de fer, et qu'ils le portaient jusqu'à ce qu'ils en fussent affranchis par la mort d'un ennemi ; j'enchaîne ainsi mon génie et je cadenasse ma bouche jusqu'au jour où, comme compagnon du glaive, j'aurai servi la patrie (15).

Quel que fut le mérite des poésies de Rückert et d'Uhland, elles étaient cependant loin d'obtenir le succès populaire des inspirations de Maurice Arndt (16) et de Théodore Kœrner, qui volaient de bouche en bouche sur l'aîle musicale de la chanson. Kœrner, enrôlé dans le corps franc des Noirs Chasseurs de Lützow, datait du camp, entre deux combats, ses compositions empreintes d'une fureur sauvage. Le 26 août 1813, quelques heures après avoir écrit ce *Chant de l'Epée* dont le choc des sabres et des épées doit accompagner le hurrah final, il tombait frappé mortellement. Toute l'Allemagne pleura la victime de 23 ans, et la gloire du héros prêta ses rayons à celle du Poète (17).

Certes, Messieurs, ce n'est pas sans douleur qu'un Français parcourt les longues invectives de la muse allemande en 1813; cependant on les lui pardonne, en faveur du patriotisme sincère qui l'inspire, et l'on ne peut se défendre d'admirer ces jeunes poètes chantant comme Tyrtée et combattant comme lui, sachant électriser les âmes et sachant aussi mourir !

Vous comprendrez que je quitte à regret les champs de bataille de la loyale Allemagne, car il faut maintenant que je me transporte sur cette plaine de Waterloo, où l'Angleterre, victorieuse par hazard, porta le dernier coup à la fortune de l'Empereur et recueillit, parmi des flots de sang, le fruit des guerres qu'elle avait soulevées et payées contre nous pendant vingt-deux ans.

Deux poètes, les plus grands noms de la moderne littérature anglaise, Byron et Walter Scott s'offrent ici à notre étude. Occupons-nous d'abord du premier.

Byron conduit en Belgique son Childe-Harold voyageur.

Arrête, lui dit-il tout à coup, c'est la poussière d'un empire que tu foules aux pieds !...... (18).

Mais le poète n'est pas venu pour imiter les dithyrambes des poètes officiels de son pays. Adversaire prononcé de la politique des Castlereagh et des Liverpool, contempteur de la Sainte-Alliance, il doute que la liberté des peuples puisse gagner quelque chose au sanglant conflit de Waterloo.

La France, dit-il, ronge son frein; elle écume dans ses fers; mais la terre est-elle plus libre? Les nations n'ont-elles combattu que pour vaincre un seul homme? Irons-nous rendre des hommages aux loups après avoir terrassé le lion?... Non, il faut attendre encore avant de louer (19).

Tout absorbé par de funèbres souvenirs, Byron ne veut que plaindre et pleurer les victimes tombées sous les coups de l'ennemi. Pour exciter l'intérêt par le plus saisissant contraste, il commence par décrire une fête de nuit (20) où les officiers de l'armée anglo-hollandaise dansent et se réjouissent. La musique retentit; le plaisir, la beauté des femmes, leurs sourires font oublier l'heure, lorsque tout à coup on entend un bruit sinistre comme le glas des funérailles: c'est celui du canon français qui tonne dans le lointain. De tendres adieux s'échangent précipitamment. Com-

bien de séparations soudaines doivent être éternelles! Le duc
de Brunswick , qui, le premier, a entendu le canon avec un
pressentiment de mort , tombe le lendemain au premier
rang. Voulez-vous savoir ce que sont devenus tant de jeunes
officiers que le bal de Bruxelles a vus fiers et joyeux au milieu d'un cercle de belles femmes : regardez cette boue
épaisse et sanglante où le cavalier et son cheval, l'ami,
l'ennemi , sont confondus : c'est là leur sépulture!.. (21).

Après avoir payé un tribut de regrets au jeune Howard,
son parent, tué à Waterloo, Byron s'adresse enfin à celui
dont le grand souvenir plane sur le champ de bataille.

C'est ici (22), dit-il, que tu tombas, ô le plus grand et non
le pire des hommes, mélange bizarre de principes contraires !
Toujours au-dessus ou au-dessous de l'homme, dans ta grandeur comme dans tes disgraces ; guerroyant avec des nations
entières et désertant le champ de bataille ; te servant de la tête
des rois comme d'un marchepied, et prompt à fléchir plus que
le dernier de tes soldats, tu pouvais régner, abattre ou relever
un empire, et tu ne savais gouverner la moindre de tes passions.
Profondément habile dans l'art de connaître les hommes, tu ne
savais ni connaître ton âme, ni modérer ta soif de combats;
tu ignorais que lorsque l'on ose tenter le destin, il abandonne
l'étoile la plus haute. . . . .
Cependant ton âme a supporté les revers avec cette philoso-
phie innée, inapprise, qui, soit sagesse, indifférence ou profond
orgueil, est toujours un fiel amer pour un ennemi. Quand toute
l'armée de la haine t'environnait et épiait un indice de crainte
pour te railler, tu souriais d'un œil calme et serein. Quand la
fortune trahit son enfant favori et l'abandonna dépouillé, il ne
courba point la tête sous le poids du malheur......
Tu es le conquérant et le captif de la terre ; tu la fais trem-
bler encore, et ton nom étrange ne fit jamais plus de bruit et

d'impression sur les âmes, qu'aujourd'hui que tu n'es plus rien, si ce n'est le jouet de la renommée.

Lord Byron, en 1814, après la première abdication de l'Empereur, n'avait pas observé cette modération de langage. Dans son *Ode à Napoléon*, il disait :

Celui qui désolait la terre est désolé à son tour ; le vainqueur est abattu ! l'arbitre du destin des hommes est maintenant suppliant pour son propre destin !... Tu pouvais mourir roi ou vivre esclave : ton choix est lâchement courageux (23)...

A la fin du poème (24), Byron, plus injurieux et plus indigné encore, s'écriait :

Puni par la justice de Dieu, maudit par l'homme, ta dernière action, quoiqu'elle ne soit pas la plus coupable de ta vie, excite la raillerie de Satan ; lui, dans sa chute, il sut au moins garder son orgueil, et, s'il avait pu mourir, il serait mort avec fierté.

Ces méprisantes invectives n'ont pas reparu dans Childe-Harold, où l'on trouve, au contraire, l'éloge de la constance avec laquelle l'Empereur déchu a soutenu le poids de ses adversités. Byron y essaie un portrait ; il signale les contrastes frappants de la vie de Napoléon, mais sans se résumer par un jugement net et précis. Cette grande figure le trouble ; c'est une énigme qu'il n'a pu débrouiller encore, et sa perplexité sera plus manifeste, lorsque dans le quatrième chant, il passera en Italie sur les traces glorieuses de Bonaparte et s'écriera :

Que voulait-il ? Peut-il répondre et déclarer lui-même ce qu'il voulait (25) ?

Au reste, Messieurs, lord Byron, le grand poète, avait

admiré avec enthousiasme Bonaparte grand homme. Deux jours avant d'écrire l'ode injurieuse dont j'ai parlé, il écrivait dans son Mémorial :

Napoléon, ma pauvre petite idole, est tombé de son piédestal (26).

Or, cette ancienne et chère idole, il peut bien la maudire en public ; mais, à la dérobée, il la relève et brûle toujours en son honneur un peu d'encens fidèle. Nous possédons les monuments de ce culte secret ; plusieurs pièces que le Poète n'a pas signées, et qui figurent dans ses œuvres à titre de traductions du français, sont sorties de son cœur généreux. C'est ainsi qu'il a chanté *la Légion-d'Honneur*, *les Adieux de Napoléon à la France*, *les Adieux d'un officier polonais* ; c'est ainsi que dans *l'Ode à l'île de Sainte-Hélène*, il a, lui poète anglais, salué le captif, lorsque tant de poètes français gardaient le silence ou n'élevaient la voix que pour l'outrager.

De Byron à Walter Scott la transition est douloureuse. Scott, après la guerre d'Espagne, avait certes le droit d'accuser les perfidies et l'ambition sans frein de Napoléon ; mais dans son poème, *la Vision de don Rodrigue* (27), il s'était laissé emporter à des invectives tellement grossières et ridicules, qu'elles furent sévèrement blâmées par les principales Revues anglaises (28). Afin de mieux flétrir celui qu'il appelait un empereur de fortune, il affectait d'ignorer son honorable origine, et le lecteur pouvait supposer que Bonaparte était né dans les rangs les plus infimes de la société (29). Mais passons : il me tarde d'arriver au poème sur la bataille de Waterloo, où l'outrage et la calomnie prodigués à l'Empereur sont d'autant plus odieux, qu'ils tombent sur un ennemi vaincu, prisonnier de l'Angleterre. Walter Scott est en progrès.

Lord Byron, dans l'ode de 1814, accusait Napoléon d'avoir survécu à sa chûte : Walter Scott reprend le thême abandonné par son émule, et, en décrivant la fin de la bataille, il apostrophe ainsi l'Empereur : (30)

Que te reste-t-il à faire? te mettras-tu toi-même à la tête de tes soldats pour tenter un dernier effort? tu aimais à distraire tes loisirs par l'histoire de Rome, et tu n'ignores pas quels furent les destins de ce chef qui, abordant les sentiers de l'ambition où le vertige égare, entreprit avec des gladiateurs de conquérir l'empire. Il affronta bravement les dangers auxquels l'exposait sa témérité folle, et n'abandonna pas les victimes qui tombaient pour sa cause; il creusa sa tombe sanglante avec sa propre épée, et fut enseveli sur le champ de bataille, théâtre de sa défaite, abhorré, mais non méprisé.

Si une pensée moins généreuse te fait préférer la vie, quelque prix qu'elle doive te coûter, tourne la bride craintive de ton cheval, et fuis, oubliant que vingt-mille français sont morts, sacrifiés à ta gloire militaire...

Fuis! puisque tu as pu entendre sans émotion tes vétérans s'écrier en te voyant prendre la fuite : « Ah! s'il avait seulement su mourir! » Fuis puisque tu as pu voir leurs yeux verser des larmes de rage et de honte (31)!

Walter Scott a-t-il bien pu, lui, souiller sa plume par ce dégoûtant amas d'insultes et d'impostures? Dans quel fangeux libelle a t-il lu que l'Empereur avait fui comme un lâche du champ de bataille, et que les vétérans avaient proféré ces paroles accusatrices : « *Ah! s'il avait seulement su mourir!* » Grâce à Dieu, l'histoire est là pour protester contre les inventions de la haine anglaise. Lorsque la cavalerie des alliés était sur le point d'accabler le dernier bataillon de la Garde, Napoléon voulut prendre le commandement de ce bataillon, et, décidé à mourir, il poussa son cheval, pour le faire entrer dans le glorieux carré. Si le maréchal Soult, saisissant la bride, et s'écriant : « *Sire, les ennemis ne sont-ils point assez heureux!* » n'avait joint tous ses efforts à ceux des autres maréchaux afin d'entraîner Napoléon sur la route de Genape, l'Empereur tombait au milieu de ses grenadiers. Ceux-ci, loin d'accuser son éloignement, se félicitèrent de le voir échapper à la mort, et ils succombèrent après un dernier cri de *vive l'Empereur !* (32)

Au reste, Messieurs, quand on connaît le faux jugement porté sur Napoléon par Walter Scott historien (33), on ne s'étonne pas que, poète, il ait reproché à l'Empereur d'avoir survécu à la défaite de Waterloo. Walter Scott n'a vu en Napoléon que le conquérant, dont une bataille perdue anéantissait la fortune et confondait l'orgueil ; il a méconnu le civilisateur, qui pouvait supporter honorablement la vie, parce que ses bienfaits et ses idées sont immortels.

Pendant le Consulat, Bonaparte, civilisateur, réorganise la société française. S'emparant des saines idées de 89, il dote le pays d'une législation uniforme, couronnée par le grand principe de l'égalité civile. Fils de la Révolution, artisan de sa prodigieuse fortune, il rend accessibles à tous les citoyens, quelque soit leur rang social, les récompenses de l'honneur, du mérite, et les dignités les plus éminentes. C'est le civilisateur qui relève les autels profanés, et qui place son œuvre régénératrice sous la sauvegarde de la Religion ; c'est le civilisateur qu'attestent les murs de cette enceinte, car ici même, à la place où je parle de lui, Bonaparte, après avoir réconcilié notre France avec le Ciel, faisait signer la paix d'Amiens qui la réconciliait avec le Monde.

Plus tard, l'Angleterre ayant rompu cette paix, que Walter Scott, soit dit en passant, appelle une expérience faite à contre-cœur par sa nation, l'Empereur, au milieu de ses guerres, conçoit un immense projet. Effrayé des progrés de l'Empire russe, et de son poids toujours croissant dans la balance politique, il médite de lui opposer un vaste empire français, formé par l'agglomération des peuples du Sud-Ouest de l'Europe, c'est-à-dire de la France, de l'Italie, de l'Espagne et des Etats moyens de l'Allemagne (54). Ces peuples, appelés à jouir des bienfaits de nos lois et de nos institutions, auraient, dans la pensée de l'Empereur, défendu à jamais la civilisation progressive de la plus belle partie de l'Europe contre l'immobile barbarie du Nord. Projet gigantesque, irréalisable, dira-t-on ! la vie d'un homme, quel que fut son génie, ne suffisait pas pour réunir, pour identifier des nations si diverses ; le succès n'était admissible qu'au prix du temps, des siècles peut-être : or, Napoléon ne pouvait vaincre le Temps, car il n'avait point fait de pacte avec la Mort. J'accepte cette objection souveraine, je l'accepte avec cent autres objections que je n'ai pas le loisir de formuler ; mais toujours faut-il reconnaître que si le projet de Napoléon ne justifie pas ses entreprises militaires, il leur donne au moins une signification grande et noble. Avec l'idée civilisatrice pour mobile, Napoléon conquérant s'explique et reste grand malgré ses excès ; veut-on, au contraire, comme Walter Scott, qu'inspiré seulement par un orgueil et un égoïsme sans bornes, *il se soit proposé de mettre tout l'univers aux pieds de la France, et de faire du peuple français lui-même le premier de ses esclaves,* alors Napoléon n'est plus qu'un exterminateur aveugle, absurde, détestable, et digne de toutes les sévérités de l'Histoire (55).

En commençant, Messieurs, je vous ai annoncé une poésie exempte d'injures, calme et impartiale, retentissant sur la tombe de l'empereur. Tels sont les caractères de l'ode célèbre de Manzoni, ayant pour titre, *Le Cinq Mai* (56).

Rien de plus majestueux que le début de cette composition, dont les deux premiers monosyllabes, *il fut, ei fù*, expriment avec une précision biblique la grandeur de Napoléon, récemment expiré.

Toutefois Manzoni, poète religieux, ne rappelle cette grandeur que pour faire mieux ressortir la puissance de la foi catholique, dans laquelle Napoléon mourant a cherché, comme le plus obscur des fidèles, la consolation et l'espoir.

Une main puissante, venue du ciel, dit-il, le conduisit par les sentiers fleuris de l'espérance aux champs éternels, où s'accorde cette récompense qui dépasse tous les désirs, et où la gloire passée n'est que silence et ténèbres.

Belle, immortelle, bienfaisante foi, accoutumée aux triomphes, inscris encore celui-ci ! Réjouis-toi ! jamais grandeur plus superbe n'humilia son orgueil devant l'opprobre du Golgotha !

Un poète autrichien, M. de Zedlitz (37), a rendu hommage à la mémoire de l'Empereur dans une composition toute différente par le genre et par les idées.

Selon de vieilles traditions, les grands rois, les grands capitaines, tels que Charlemagne, Arthur, Frédéric Barberousse, ne sont pas morts comme le vulgaire des hommes ; ils sommeillent seulement, se réveillent quelquefois, et la terre un jour les verra reparaître. Imbu de ces traditions populaires, M. de Zedlitz ressuscite l'Empereur dans une pièce de vers à laquelle il donne pour titre, *La Revue Nocturne* (38).

A minuit, le tambour sort du tombeau et bat le rappel avec ses mains de squelette ; le trompette monte à cheval et fait aussi résonner son instrument. Alors tous les guerriers morts, fantassins, cavaliers, qui ont servi sous l'Empereur quittent leurs tombes, et, les uns à pied, les autres montés sur des chevaux aériens, se hâtent vers le commun rendez-vous.

Qu'il me soit permis d'emprunter ici quelques vers d'un

poème français dont l'auteur a librement imité l'œuvre allemande (39).

> Tous les morts des vieilles phalanges
> Arrivaient, fantômes étranges,
> Par escadrons, par bataillons,
> Pressés, jaunis, comme en automne,
> Les feuilles qu'un vent monotone
> Mêle à la poudre des sillons.
> Perçant de tous côtés les nuages nocturnes,
> De l'Ouest et du Nord, de l'Est et du Midi,
> Ils venaient, ils venaient, régiments taciturnes,
> Tête haute, corps droit, bras sur l'arme raidi.
> Spectres poudreux, blêmes et graves,
> Les traits décharnés, les yeux caves,
> Du ruban rouge décorés,
> Les uns hâlés en Italie,
> Les autres glacés en Russie,
> Tous mutilés, tous balafrés.

Napoléon sort de son tombeau, il arrive lentement à cheval, coiffé du petit chapeau, et tandis que la lune jette une lueur douteuse sur la plaine, il fait défiler devant lui la Grande armée des morts.

Les maréchaux et les généraux forment ensuite un cercle autour de l'Empereur ; il dit tout bas à l'oreille du plus proche quelques mots qui volent à la ronde et se redisent dans les rangs les plus éloignés. *France* est le mot d'ordre, *Sainte-Hélène* est le mot de ralliement (40).

M. de Zedlitz peut introduire aujourd'hui un changement dans ce poème d'apothéose. Le mot de ralliement n'est plus Sainte-Hélène; c'est Paris; car le premier vœu du testament de l'Empereur a pu s'accomplir. Ses cendres, ramenées en France par un noble fils du roi Louis-Philippe, reposent maintenant sur les bords de la Seine.

NOTES.

(1) Voyez la préface des *Dernières Chansons*.

(2) Juvénal, *Satire X*.

(3) *Inno per la battaglia di Marengo*. — Voir l'ouvrage publié par Baudry, *Parnaso italiano, Poeti italiani contemporanei*, p. 268, 269. — Monti, né le 17 février 1754, à Fusignano, est mort à Milan le 13 octobre 1828. Les deux poèmes que nous citons sont incontestablement les plus remarquables parmi les ouvrages nombreux consacrés par ce poète à la gloire de l'Empereur. Malheureusement, il a donné un bien triste exemple de versatilité politique en célébrant le retour de la domination autrichienne après la chute de Napoléon. — Voir la *Biograph. univ.*, supplément, tome LXXIV, p. 284.

(4) *La Spada di Federico II, canto; Parnaso italiano*, p. 272.

(5) *Al dos de Mayo ; Apuntes para una biblioteca de escritores españoles contemporaneos*, tomo II, p. 29; Baudry. — Don Juan Nicasio Gallego, chanoine de Séville, est né à Zamora, en 1777.

(6) *Zaragoza ; Poesias y varias obras* de D. Francisco Martinez de la Rosa, Baudry, Paris, 1845. — Martinez, né à Grenade, en 1789, avait 20 ans lorsqu'il composa ce poème, en 1809. Dans son *Discurso moral sobre la templanza en los deseos*, qui est une imitation de la Satire X de Juvénal, le Poète a ré-

sumé la carrière de Napoléon en quelques vers remarquables ;
Poesias y varias obras, p. 50.

(7) Lord Byron a consacré plusieurs strophes du chant premier de *Childe-Harold* à la jeune héroïne de Saragosse. Voyez
les strophes, 55-58. Les exploits d'Augustina se trouvent dé-
taillés dans l'ouvrage de Southey, *History of the peninsular war.*

(8) Frédéric Rückert, né en 1789, à Schweinfurt, en Fran-
conie, est actuellement professeur de langues orientales à Er-
langen.. C'est un des Poëtes les plus brillants et les plus féconds
de l'Allemagne. il a renoncé de bonne heure à la poésie politique.

(9) *Napoleon's Sonnenwende ; Rückert's Gesammelte Gedichte,*
Dritter band, s. 429.

(10) *Kosacken-Winterlied ; Gesamm. Ged.* zw. b. s. 39.

(11) *Geharnischte sonette.*

(12) *Geharn. son. ; Gesamm. Ged.* zw. b. s. 4. — J'ai fait un
léger changement dans ma traduction ; le texte dit : *Chasseur
que vises-tu ? — Je vise le cerf gras.* Ces derniers mots ne son-
nant pas bien en français, j'ai cru devoir faire répondre au chasseur : « *Je vise le cerf et le chevreuil.* »

(13) *Geharnischte sonette.* Numm. 12, s. 9. — Je recommande
aussi le sonnet numéro 25, qui commence ainsi : *Hoch auf des
nordens schneebedeckten wachten.....*

(14) Ludwig Uhland, un des meilleurs poètes lyriques de
l'Allemagne, est né à Tübingen, en 1787. Nommé en 1820
membre de l'Assemblée des Etats de Würtemberg, il a presque
renoncé à la poésie pour s'occuper de ses devoirs politiques.

(15) *Lied eines deutschen sœngers ; Gedichte, von L. Uhland,*
vierte auflage, Stuttgart und Tübingen, s. 88. — Voir aussi la
pièce intitulée: *Vorwœrts*, p. 90, du même recueil.

(16) Ernest Maurice Arndt est né, en 1769, à Schoritz, dans l'île de Rügen. D'abord panégyriste de Napoléon, il fut ensuite son ennemi acharné. Deux pièces principales de ce Poète ont obtenu en Allemagne une énorme popularité, celle qui est intitulée : *la Patrie de l'Allemand*, et une autre qui commence par ces mots : « *Pourquoi sonnent les trompettes ?* »

(17) Théodore Kœrner était né le 23 septembre 1791, à Dresde. Blessé d'un coup de sabre en avril 1813, il fut tué, à l'époque que nous indiquons, dans une attaque que le Major de Lützow dirigea contre deux compagnies d'infanterie chargées d'accompagner un convoi de vivres et de munitions. On l'enterra sous un chêne à Wöbbelin, village situé près de Ludwigslust, dans le Mecklembourg. — Ses pièces patriotiques les plus remarquables sont *les Chênes (die Eichen)*; *le Chant des Chasseurs noirs (Lied der Schwarzen iœger)*; *la Chasse sauvage de Lützow (Lützow's wilde iagd)*, et surtout *Ma Patrie (Mein vaterland)*. Voyez l'ouvrage intitulé: *Theodor Kœrner's Gedichte, mit der biographie des Verfassers und einem anhange prosaischer aufsœtze*, Stuttgart, bei Macklot, 1830.

(18) *Childe-Harold's pilgrimage*, canto III, str. XVII.

(19) *Ch. Har.* str. XIX; je ne traduis pas la strophe entière, j'en extrais seulement les idées principales.

(20) *Ch. Har.* str. XXI, and foll.

(21) *Ch. Har.* str. XXVIII.

(22) Str. XXXVI. J'ai enchaîné les deux premiers vers de cette strophe avec ceux de la strophe XXXVIII, pour la commodité de ma citation, et j'ai placé les quatre premiers vers de la strophe XXXVII après ceux de la strophe XXXIX.

(23) *Ode to Napoleon Bonaparte*, str. IV.

(24) Str. XV.

(25) *Childe Harold.* canto iv, str. xci.

> Can hè avouch — Or answer what he claimed ?.....

Dans la strophe suivante, Byron répond à la vérité : « *And would be all or nothing: Il voulait être tout ou rien;* » Cette explication ressemble assez à celle que W. Scott a donnée lui-même; mais je doute qu'elle parût réellement satisfaisante à l'auteur de *Childe-Harold.*

(26) *Out of town six days. On my return, find my poor little pagod, Napoleon, pushed off his pedestal; Byron's Diary,* april 8.

(27) *The vision of don Roderick; W. Scott's poetical works.*

(28) La *Revue du mois* (*Monthly review*) s'exprime ainsi à l'occasion de la strophe citée à la note 29 : « *We are as ready as any of our countrymen can be, to designate Bonaparte's invasion of Spain by its proper epithets; but we must decline to join in the author's dclamation against the low birth of the invader, and we cannot help reminding M.r Scott that suck a topic of censure is unworthy of him, both as a poet and as a Briton.*

(29) La strophe xxxix est ainsi conçue :

> From a rude isle his ruder lineage came,
> The spark, that, from a suburb-hovel's hearth
> Ascending, wraps some capital in flame
> Hath not a meaner, or *more sordid birth.*
> And for the soul that bade him waste the earth,
> The sable land-flood from some swamp obscure,
> That poisons the glad husband-field with dearth,
> And by destruction bids its fame endure,
> Hath not a source more sullen, stagnant and impure.

(30) *The field of Waterloo, a poem; W. Scott's poetical works.*

(31) Voir les strophes xiii, xiv, xv. J'ai traduit la fin de la

treizième strophe, les six premiers vers de la strophe xiv et les six premiers de la strophe xv.

(32) Voir Norvins ; *Histoire de Napoléon ;* de Vaulabelle ; *Chute de l'Empire*, *Histoire des deux Restaurations*, tome 3, pages 541 et 542.

(33) **W.** Scott a pris pour épigraphe de son *Histoire de Napo- léon (the Life of Napoleon Bonaparte*, *Edinburg*, 1827), le por- trait de **J.** César, tracé par Lucain au commencement de *la Pharsale.*

> . . . . Sed non in Cœsare tantum
> Nomen erat, nec fama ducis: sed nescia virtus
> Stare loco ; solus que pudor, non vincere bello.
> Acer et indomitus ; quo spes, quoque ira vocasset,
> Ferre manum, et nunquam temerando parcere ferro :
> Successus urgere suos ; instare favori
> Numinis ; impellens quidquid sibi summa petenti
> Obstaret, gaudens que viam fecisse ruina. »
>
> Lucani Pharsaliæ, *lib. I.*

« Chez César, il y a plus qu'un nom, plus que de la gloire. Ame toujours active, toujours inquiète, qui n'a honte de rien, si ce n'est de ne pas vaincre ; terrible, indomptée, prête à tout ce que l'ambition conseille, à tout ce que la vengeance ordonne, à tout ce que le glaive peut oser. Habile à profiter des faveurs de la fortune, à lui arracher ses derniers fruits ; dans sa marche vers le pouvoir, tout ce qui l'arrête, il l'écrase, il s'avance à travers les ruines et sourit. »

Traduction de **M.** Philarète Chasles, dans la *Bibliothèque latine française*, de Panckoucke.

(34) Voyez dans le *Mémorial de Sainte-Hélène*, novembre 1816, le très-intéressant chapitre ayant pour sommaire : « Di- vers objets très-importants ; négociation d'Amiens ; débuts du

premier consul en diplomatie. — De l'agglomération des peuples
de l'Europe. — De la conquête de l'Espagne. — Danger de la
Russie.— Bernadotte. »

(35) Voici le passage du livre de **W.** Scott auquel nous faisons
allusion : « *To lay the whole universe prostrate at the foot of
France , while France , the nation of camps , should herself have
no higher rank than the first of her own Emperor's slaves , was
the gigantic project at which he laboured with such tenacious
assiduity,* etc. »

(36) *In morte di Napoleone , Il cinque Maggio* ; Manzoni,
poesie varie *(Parnaso italiano ,* p. 351). J'ai suivi, en y faisant
seulement un léger changement , l'excellente traduction qu'à
donnée **M.** de Latour, dans l'ouvrage intitulé , *Théâtre et
Poésies* d'Alexandre Manzoni , Charpentier , 1841. — Manzoni
est né à Milan en 1784.

Un poète allemand , **M.** de Chamisso , originaire de France,
et né au château de Boncourt , en Champagne , le 27 janvier
1781, a dramatisé l'ode de Manzoni. Son œuvre a pour titre :
Der tod Napoleon's, dramatisch nach Alessandro Manzoni. On
la trouve dans les Poésies de Chamisso *(Gedichte von Adalbert
von Chamisso,* Leipzig, Weidmann'sche Buchhandlung, 1831).

Je ne saurais passer sous silence une pièce de vers du même
auteur, relative à Napoléon , et dont il a placé la scène à
Amiens. Quoique cette composition soit purement de l'inven-
tion de **M.** de Chamisso, j'ai cru devoir la traduire à cause de
son intérêt local.

LE NOUVEAU DIOGÈNE.

(Der neue Diogenes, Chamisso's Gedichte , s. 239).

Pourquoi ces masses épaisses de peuple dans un si étroit espace ? Amiens, tes rues suffisent à peine à renfermer la foule

ondoyante. L'Empereur approche, le maître du monde ; commencez à chanter des hymnes de victoire ! Il a brisé la puissance des ennemis, il vient apporter aux siens le salut et la prospérité.

Cependant un seul homme est froid au milieu de l'ivresse commune ; c'est un tailleur de pierres qui manie activement le ciseau et le marteau ; il laisse passer le cortège sans se laisser troubler dans sa tâche : on dirait qu'il n'a point d'yeux pour voir, d'oreilles pour entendre.

L'Empereur à cheval aperçoit de loin l'ouvrier alerte, et curieux de savoir quel est celui qui affecte ainsi l'indifférence pour sa personne, il s'approche de lui et lui demande : « Que fais-tu là ? » — « Je taille ma pierre, répond l'ouvrier ; » et pendant ce temps, l'Empereur le regarde en face.

« Je t'ai vu aux Pyramides, tu te battais bien, et tu devins sergent ; comment as-tu quitté le service, oublié, inconnu ici ? » — « J'ai rempli mon devoir fidèlement, Sire, et l'expiration de mon temps de service m'a dégagé du serment et de la guerre. » — « Je regrette de ne plus voir dans mon armée celui qui s'est conduit en brave ; voyons, fais-moi connaître ton souhait le plus hardi ; tu peux compter sur ma faveur impériale. » — « Je n'ai besoin de rien, mes mains me suffisent encore pour me nourrir ; laisse-moi tailler ma pierre, sans avoir besoin de ta faveur. »

Où M. de Chamisso a-t-il trouvé le fondement, le prétexte de cette composition, je l'ignore. Elle est, dans tous les cas, bien peu conforme aux sentiments et à l'esprit des hommes du peuple qui avaient servi sous l'Empereur.

(37) M. de Zedlitz est né en 1790 à Johannesberg, dans la Silésie autrichienne.

(38) *Die nœchtliche heerschau ; Gedichte von J. Ch. Freiherrn von Zedlitz*, Stuttgart und Tübingen, verlag der Cotta'schen buchhandlung, 1832, s. 16.

(39) L'*Arc de triomphe de l'Etoile,* poème couronné par l'Académie française, par **M.** Boulay-Paty ; voir l'ouvrage intitulé : *Couronne poétique de Napoléon*, Paris, Amyot, 1840. Dans ce volume se trouve une remarquable pièce de vers italiens de **M.** Giovanni Rosini, qui a pour titre : *In morte di Napoleone*, et que l'on pourra comparer avec celle de Manzoni.

(40) Je pense que quelques vers de la pièce d'Henri Heine, intitulée : *les Grenadiers*, ont pu donner à **M.** de Zedlitz l'idée de sa *Revue nocturne*. Le lecteur en jugera.

« Deux grenadiers, faits prisonniers en Russie, retournaient en France. Lorsqu'ils arrivèrent aux quartiers allemands, ils apprirent la déroute de la Grande Armée et la captivité de l'Empereur. — Alors l'un des deux dit à l'autre :

» Ami, accorde-moi ce que je te demande ; si, comme je le crois, je meurs bientôt, transporte mon cadavre en France, enterre-moi dans la terre de France.

» Tu mettras sur mon cœur ma croix d'honneur avec son ruban rouge, tu placeras mon fusil dans ma main et mon sabre à mon côté.

» C'est ainsi que je veux être couché dans la fosse, et que je veux écouter comme une sentinelle attentive, jusqu'à ce que j'entende le bruit du canon et du pas des chevaux hennissants.

» Alors mon Empereur passera à cheval au-dessus de ma tombe, des épées feront entendre leur cliquetis et briller leurs éclairs ; alors je sortirai tout armé de la fosse pour défendre mon Empereur, mon Empereur !! »

Amiens. — Imp. de Duval et Herment, place Périgord, 3.